Ma (presque) romance de Noël

☙

Nadège Chipdel

Chapitre 1

— Jean-Noël, viens ici s'il te plait !

— Mère, une seconde.

— Jean-Noël !

Le jeune homme soupira d'exaspération, mais obtempéra néanmoins. Il abandonna sur son lit le roman qu'il dévorait, puis descendit d'un pas fort peu enjoué l'escalier de bois clair qui menait au vaste salon de la demeure familiale.

Arrivé au rez-de-chaussée, il évita de justesse une collision avec une colibrette. Ces fées, à peine plus hautes que son pouce, se révélaient besogneuses et toujours promptes à aider. Et d'aide, ses parents en avaient toujours besoin.

Jean-Noël laissa son regard passer à travers l'une des vitres décorées de motifs figurant des cristaux de neige : un épais manteau blanc était encore tombé pendant la nuit. Ce qui n'avait rien d'étonnant en Décembre.

— Mon chaton, j'ai besoin de toi.

— Mère, je viens d'avoir vingt-et-un ans, je ne suis plus tout à fait un chaton.

— Tu as raison mon chat.

Jean-Noël haussa les épaules avec lassitude. Sa douce maman, Marie-Neige, était un peu trop protectrice à son goût. Quand il lui exprimait son envie de parcourir le monde, les larmes lui montaient aux yeux, ce qui peinait le jeune homme.

— Tu seras toujours mon petit garçon. Je ne te vois pas grandir mon bébé, lui répondait-elle.

Il s'était donc résigné à ne pas savoir ce qu'il y avait au-delà de la Forêt Blanche.

Mais ce qui l'exaspérait plus que tout étaient les réactions maternelles qui frisaient l'hystérie quand il envisageait de rencontrer des filles.

— Tu n'es pas sérieux ! lui rétorquait Marie-Neige, blême. Le choix d'une compagne est si délicat.

— Je ne parle pas de me marier. Juste de sortir, de faire des rencontres.

— Tu as pensé à la réputation de ton père ?

Pas de sortie, pas de copine, Jean-Noël maudissait parfois sa parenté.

— Mais si tu insistes, je peux demander à Aurore de passer pour te tenir compagnie.

Le jeune homme retint de justesse un ricanement. Seule Aurore, jolie blonde aux yeux azur, naïve et candide à outrance, trouvait grâce auprès de Marie-Neige.

La fille du boulanger ferait selon ses dires une bru idéale. Ah ça, elle était belle, excellait à vendre les petits pains au chocolat, mais elle était idiote !

— Je pourrais avoir un chat ?

— Tu as les rennes.

Jean-Noël se réfugiait donc dans les livres avec l'espoir qu'un jour, il ferait la connaissance d'une divine créature comme celles des couvertures.

— Jean-Noël, ton père et moi allons rendre visite à son cousin Nicolas. En notre absence, il faudrait que tu nourrisses les rennes, changes la paille de l'étable. Et après...

Marie-Neige eut un petit sourire :

— Il faudrait que tu passes à la boulangerie. J'ai commandé des brioches. Aurore sera ravie de te voir.

— Je ferai mon possible Mère.

— Bon garçon, conclut-elle en lui pinçant la joue.

***

Ce fut presque avec soulagement que Jean-Noël vit ses parents partir. Comme souvent, il avait à peine échangé quelques mots avec son père, toujours très occupé avec la gestion de l'entreprise familiale.

En traînant des pieds, ce qui n'avait rien de simple dans trente centimètres de poudreuse immaculée, il gagna l'étable où une douzaine de rennes bramait à tue-tête.

Jean-Noël les connaissait tous par cœur : ils étaient ses seuls compagnons depuis l'enfance.

En bon fils, il mit de la paille fraîche, vérifia l'état des sabots, donna à tous une belle ration de fourrage. Enfin, il brossa avec soin la robe de Rudolph, le meneur de la troupe.

Quand tout fut fait, il prit le chemin de la maison.

Aller voir Aurore ne l'enchantait guère, mais sa mère ne manquerait pas de se renseigner.

Soudain, un juron étouffé parvint jusqu'à lui.

Sans hésiter, Jean- Noël gagna l'endroit d'où semblait venir la plainte.

La forêt tout entière était protégée par de puissants sortilèges, il avait peu de risques de faire une mauvaise rencontre.

A une centaine de mètres de l'étable, il fut surpris de tomber sur de la neige marquée par des empreintes de pas qui disparaissaient aussi vite qu'elles étaient apparues.

Plates puis fines, le jeune homme se demanda à quel genre de créature elles appartenaient.

— Et toi là ! Rends-toi utile !

Jean-Noël observa les alentours : la voix était à la fois féminine et en colère. Un bien mauvais mélange.

— C'est à toi que je parle blondinet ! Par les flammes de mon Enfer, il est aussi benêt qu'un troll.

Il leva la tête : à mi-hauteur d'un grand sapin, un filet magique se balançait. Seuls les Elfes usaient de ce type de stratagèmes pour empêcher des intrus de trop s'avancer sur leur territoire.

Des pieds et des mains dépassaient des mailles du filet. Ce qui se trouvait à l'intérieur ne ressemblait guère à un lapin de Pâques.

— Fais-moi descendre ! Je ne compte pas passer une heure de plus à me geler ici !

— C'est demandé si gentiment. Je pense surtout que je vais aller faire un tour et revenir d'ici une petite heure, histoire de me donner le temps de réfléchir.

La voix étouffa un juron.

— Peux-tu me faire descendre... S'il te plaît blondinet ?

Jean-Noël claqua des doigts. Le filet disparut et le contenu chuta sans cérémonie dans un tas de neige. Le jeune homme s'avança en souriant pour aider la créature de mauvaise humeur à se relever.

Il eut à peine le temps de distinguer des ongles parfaitement manucurés que son geste fut remercié d'une claque sur la main.

— Je suis une grande fille, je peux me débrouiller toute seule.

— Certes. Mais...

Jean-Noël n'acheva pas sa phrase, la salive lui manqua d'un coup. Miss Bougon s'était redressée, et elle ne ressemblait pas à un Leprechaun maladroit. À Aurore non plus d'ailleurs. C'était une rousse incendiaire !

Longiligne, des yeux de braise, des rondeurs qui attiraient tant les yeux que la main. L'ensemble était à peine couvert d'un corset et d'une jupe de cuir noir et clouté à laquelle pendait ce qui ressemblait à un fouet.

Ses jambes magnifiques étaient couvertes de bas résille, et Jean- Noël se demandait comment elle ne s'était pas fracturée la cheville en marchant dans la neige avec des talons aussi hauts.

— Je peux savoir ce que tu regardes ? cracha-t-elle.

Le jeune homme réalisa qu'il la détaillait avec un peu trop d'insistance... Et qu'il se sentait un peu à l'étroit dans son pantalon en peau. Même s'il avait un peu honte, il ne pouvait nier que cette magnifique jeune femme produisait sur son corps innocent une réaction virile.

Et les idées qui lui venaient en l'observant n'avaient rien à voir avec celles qui lui traversaient l'esprit quand il était en présence de la douce Aurore.

— Alors, qu'est-ce que tu regardes ?

Le ton vindicatif de la rousse le ramena dans le présent. Il hésita à lui répondre « toi ». Il avait conscience que cette réponse serait fort mal reçue.

— Je me demandais comment tu t'étais retrouvée prisonnière.

Éludé lui apparaissait le sauf-conduit idéal.

— Je suis allée régler mes comptes avec une connaissance. J'ai été surprise par le blizzard en rentrant chez mon père et je me suis égarée.

La rousse croisa les bras. Oui, le blondinet était beau garçon, bien bâti, avec des traits juvéniles. L'espace d'une minute, elle ne put repousser l'image de ce jeune éphèbe se tortillant sous la morsure de sa cravache, sa bouche pulpeuse la suppliant de poursuivre sa douce torture.

Elle secoua la tête : il transpirait la naïveté. Elle ne se voyait pas lui expliquer qu'elle avait fouetté au sang l'amant qui venait de l'éconduire comme si elle avait été un vulgaire succube. Non ! Il avait trop l'air d'un saint pour ça.

Le silence, un peu gêné, s'éternisait entre eux. Le blond se racla la gorge avant d'ajouter :

— Écoute, on ne se connaît pas, mais je pense qu'il va neiger dans pas longtemps. Tu ne risques pas de retrouver ton chemin en pleine tempête. Viens te réchauffer chez moi. Et après, je pourrais te raccompagner chez ton père si tu veux.

La jeune femme éclata d'un rire profond qui remua étrangement Jean-Noël.

***

Lascia se retint de remettre le blond à sa place : si elle ramenait ce genre de garçon chez elle, son père la jetterait dehors sans autre forme de procès.

Néanmoins, le blondinet n'avait pas tort. Elle ne connaissait pas ce coin de la forêt. Et elle n'éprouvait pas la moindre envie de se geler les fesses une seconde de plus. Elle risquait en plus de se faire agresser par une licorne.

Pour la première fois, elle détailla le garçon de la tête aux pieds : il mesurait quoi ? Un mètre quatre-vingts. Il paraissait musclé, avec des traits fins, comme dessinés au crayon. Il ne possédait en rien cette brutalité qu'elle recherchait chez ses partenaires, même d'un soir. Il possédait une fragilité assez déconcertante.

En somme, elle ne craignait rien avec lui... Lui, en revanche...

Lascia s'ébroua : quelle idée saugrenue ! Elle et lui ? Et pourquoi pas adopter un chat pendant qu'elle y était ?

— Allons-y alors.

**

Chapitre 2

Elle lui emboîta le pas sans attendre. Ils cheminèrent au seul son de leurs pieds faisant crisser la neige.

Jean-Noël ne savait pas quoi lui dire. Certes, il ne fréquentait quasiment pas la gent féminine, mais pour une raison qu'il ignorait, cette fille, cette beauté, ce canon l'impressionnait... et l'attirait.

Soudain, il fut saisi par une sourde angoisse : que se passerait-il si ses parents rentraient et qu'ils la trouvaient chez eux ? Nul doute que sa mère ne la verrait pas d'un bon œil. Il réalisa alors un autre détail : il ne savait même pas comment elle s'appelait !

— Jean-Noël.

— Pardon ?

— Moi, c'est Jean-Noël.

La rousse faillit éclater de rire : comment un aussi joli garçon pouvait-il être affublé d'un prénom si ridicule ?

— C'est Lascia.

Il ouvrit de grands yeux : elle n'était pas de son village. Un prénom pareil lui serait resté en mémoire.

— C'est encore loin chez toi ?

— Non pourquoi ?

Lascia lui désigna le ciel qui s'obscurcissait de minute en minute.

— Je peux accélérer le pas, mais je ne suis pas sûr que tu suives la cadence avec tes chaussures.

La jeune femme jeta un regard à ses hauts talons : quinze centimètres, c'était en effet peu adapté pour le terrain sur lequel ils avançaient.

— Il suffit de le dire, ça peut s'arranger.

La rousse claqua des doigts, faisant disparaître ses précieux escarpins.

— Tu vas perdre un orteil, protesta Jean-Noël. S'il faut, je te porte.

Lascia souffla : la porter ? Avait-elle l'air d'une princesse de conte de fées ?

— Non merci, ça devrait aller.

Elle fit un vague geste de la main en direction de ses pieds. Il n'en fallut pas plus pour que la neige se mette à fondre. Détail qui interpella Jean-Noël : qu'était-elle pour posséder ce type de pouvoir ? Une sueur froide coula dans son dos : l'idée de l'inviter chez lui ne lui apparaissait plus si bonne...

***

À nouveau, ils cheminèrent en silence. Jean-Noël se perdait dans ses pensées : qu'allait-il faire si elle était un satyre ? Ou pire, un

12

succube ? Certes, il possédait des dons magiques, mais pas de là à se défendre contre les talents de séduction de ce genre de créatures.

Jetant un coup d'œil derrière son épaule, il se dit qu'elle en avait au moins les courbes appétissantes. Il sursauta quand Lascia l'interpella :

— C'est là chez toi ?

Jean-Noël suivit la direction indiquée par la jeune femme : d'un ongle parfaitement manucuré, elle désignait un toit qui apparut au-delà d'un groupe d'arbres.

— Euh... oui.

Quand la demeure se révéla dans son ensemble, la rousse ne put retenir une exclamation :

— Sympa la baraque.

— Merci.

Au milieu d'un vaste jardin couvert de neige trônait un immense chalet de bois clair.

Autour de ce dernier, on devinait des sapins et des bosquets de rose d'hiver prêts à fleurir. De la cheminée s'échappait une fumée blanche, et les fenêtres étaient décorées de petits vitraux. L'ensemble semblait tout droit sorti d'un livre pour enfant.

Lascia ne se souvenait pas avoir vu une maison si grande, si accueillante, si chaleureuse.... Tant de charme en était répugnant.

Sarcastique, elle demanda :

— Vous êtes combien à vivre là-dedans ?

— Trois. Mes parents et moi.

Elle émit un reniflement dédaigneux : un château pour trois. Alors que chez elle... La rousse écarta d'un coup de fouet les pensées idiotes qui lui venaient à l'esprit : si ça se trouvait, passer la porte de cette maison allait lui donner envie de manger des pommes d'amour. Elle s'apprêtait à fausser compagnie au blondinet quand une rafale glacée chargée d'épais flocons cotonneux se fichèrent dans ses mèches écarlates.

— Dépêchons-nous, commenta Jean-Noël.

En gentleman, il pressa le pas pour la précéder. Il ouvrit la porte et l'invita à entrer.

À peine eurent-ils franchi le seuil du chalet qu'une violente averse de neige se déversa d'un ciel laiteux, masquant les environs.

— Fais comme chez toi, lui dit rapidement Jean-Noël en retirant le gros pull qu'il portait jusqu'alors.

Juste avant qu'il ne disparaisse dans la pièce adjacente, Lascia eut le temps de jauger d'un œil appréciateur le torse développé de son beau blond. Le biscuit était rudement appétissant.

La jeune femme, un peu gauche, se décida à quitter l'entrée où elle attendait toujours.

14

***

Toute cette demeure transpirait le bonheur et la gentillesse : les meubles de bois clair, les épais tapis, la cheminée où un feu énorme ronflait.

Elle s'en approcha, seul élément de confort lui rappelant son propre foyer. Elle se sentait mal à l'aise dans cet environnement trop tendre pour elle.

— Je peux t'offrir quelque chose ?

— Comme ?

— Lait au miel et à la cannelle, chocolat chaud, tisane d'écorce de saule ?

Lascia rit sous cape : encore cinq minutes et il allait vraiment lui proposer de la guimauve au coin du feu.

Oh oui, comme il serait mignon tous les deux sur le tapis, tête contre tête, mangeant des sucreries, une tasse de lait à la main. Par tous les démons qu'elle côtoyait, ça frisait le ridicule !

Elle, sur un tapis devant une telle flambée, elle ligoterait son amant pour se délecter de son corps, faire courir ses ongles longs sur son torse, le voir se tortiller quand elle ferait tomber la cire chaude sur sa peau offerte...

Un frisson d'excitation la parcourut tandis qu'une douce chaleur se nichait dans son ventre. Son dernier amant avait un physique des plus agréables, mais il s'était révélé une énorme déception au lit.

Mal équipé, trop rapide, et surtout voulant prendre les commandes. Inconcevable selon ses principes. Elle dirigeait, les hommes subissaient. Son père l'avait élevée de façon stricte : la famille avait une réputation à tenir !

Elle gagna l'âtre et se débarrassa de la veste en cuir épais qu'elle portait pour la jeter sur le sofa recouvert de gros coussins.

Elle eut droit aux couinements agacés de deux colibrettes qui s'étaient nichées là. Lascia se contenta de les attraper par leurs ailes et de les jeter à l'autre bout de la pièce. Ce genre de gentilles petites créatures lui donnait des boutons.

Un murmure étouffé lui parvint distinctement : Jean-Noël l'observait. Enfin, pas elle, mais plutôt sa poitrine enfermée dans son bustier.

Le garçon n'était pas de marbre : Lascia se tourna face à lui pour lui offrir une vue d'ensemble de ses arguments. Il serait rentré dans le placard ouvert face à lui s'il avait pu !

La rousse se laissa tomber sur le canapé. Cette situation était délirante : elle était le seul élément qui ne cadrait pas avec ce beau décor de roman. Il fallait qu'elle déguerpisse, et vite ! Enfin quand la météo serait un peu moins redoutable.

— Tu es certaine de ne rien vouloir ?

Elle leva les yeux au ciel : la candeur de ce garçon donnerait des caries à n'importe quelle démone issue du plus noir des cercles de l'enfer.

— Un chocolat, si tu insistes.

Lascia lui jeta un coup d'oeil: Jean-Noël s'activait en sifflotant dans la cuisine.

Quel dommage qu'il soit si naïf, il était pour le moins appétissant. Son imagination prit les commandes : il ne devait pas être désagréable d'être serrée par des bras si fort, de monter ce garçon pour caresser ses abdominaux.

Elle envisageait très bien de le mordre par-ci, par-là pendant qu'il serait attaché, les yeux bandés, à son lit. Il fallait juste souhaiter que le contenu de son pantalon soit aussi bien fait que le reste de sa personne.

— Lascia ma belle, tu délires, se morigéna-t-elle. Je sais que le dernier en date était très mauvais au lit. Mais de là à envisager ce jeune homme comme quatre heures...

Et après tout, pourquoi pas ?

Chapitre 3

Amusée, Lascia fixa le feu. Il ne lui fallut qu'un soupçon de magie pour faire ronfler le foyer. Les flammes atteignirent bientôt une taille conséquente.

La température grimpa en flèche ; Jean-Noël, toujours en cuisine, se mit à transpirer à grosses gouttes.

— Il fait chaud d'un coup, tu ne trouves pas ? ronronna-t-elle en s'appuyant sur le dossier du canapé.

— Un peu, bredouilla une voix tendue en retour. J'ouvre une fenêtre ?

— Ce ne sera pas nécessaire.

Bien consciente qu'elle le mettait mal à l'aise depuis qu'elle avait retiré sa veste, elle s'approcha de lui, dénouant le haut de son bustier.

— Tu serait tellement mieux sans cet horrible chose, ronronna-t- elle en passant ses mains sur ses épaules.

C'est qu'il était musclé le bougre... L'envie de l'attacher pour voir ses muscles saillir se faisait de plus en plus forte.

— C'est que... je ne sais pas trop...

Jean-Noël déglutit : il était horriblement mal à l'aise. Et pas à cause de la soudaine chaleur de la pièce, mais dû à celle qui grimpait dans son bas ventre.

Il fallait bien le reconnaître : à la lueur des flammes, qui jouait dans ses mèches, Lascia était plus qu'attirante, elle était diaboliquement séduisante ! Et quand ses mains glissèrent sur son torse, il ne put retenir un grognement.

La jeune femme sentit un sourire coquin fleurir sur ses lèvres : le blondinet n'avait rien d'un iceberg. Elle avait de plus en plus hâte de déballer le paquet qui se trouvait plus bas pour découvrir sa surprise.

Bien consciente du feu qui courait dans ses veines, elle retira d'autorité le sous-pull un peu épais que portait encore son compagnon. Le torse qui se cachait en-dessous était large et puissant.

Lascia haussa un sourcil appréciateur. Ses mains dessinèrent, légères, les pectoraux du garçon. Elle eut la satisfaction d'entendre sa respiration s'accélérer. Heureuse de son petit effet, ses doigts glissèrent sur ses bras, puis ses hanches avant d'aller peloter sans vergogne ses fesses !

— Lascia !

— Quoi ?! J'apprécie la marchandise, rien de plus.

— Tu pourrais demander !

Elle le toisa :

— Ai-je l'air d'une femme qui demande la permission.

Jean-Noël devait l'admettre : elle n'avait rien de celle qui demandait pardon, encore moins la permission ! Oui, l'attitude de la belle rousse le scandalisait. Mais d'un autre côté, il réalisa qu'il n'avait pas le moindre envie qu'elle arrête. La voix, un brin mutine, de la jeune femme le ramena dans le présent :

— Tu as peur que tes parents nous surprennent peut-être ?

— Pourvu que non !

Cette phrase était plus qu'un souhait, c'était un aveu que la jeune femme interpréta comme une approbation.

Sans plus attendre, elle poussa sur ses pointes de pied, crocheta la nuque du garçon et lui planta un long baiser sur ses lèvres douces.

La résistance de Jean-Noël dura une seconde avant qu'il ne s'abandonne et laissa la langue de la sulfureuse rouquine partir à la conquête de la sienne.

Et à la manière dont il se plaqua contre elle, dont ses larges mains enserrèrent sa taille, Lascia se dit qu'il était peut-être innocent, mais néanmoins gourmand.

Elle lui mordit la lèvre quand il se décida à poser ses mains sur ses fesses. Surpris, il s'écarta, les yeux assombris par le désir.

— Je suis désolé ! Je croyais...

La rousse flamboyante coupa une phrase qui promettait d'être longue et ennuyeuse en refermant ses doigts sur son sexe tendu.

— Tu parles trop Jean-Noël.

***

Elle entreprit de le caresser à travers la toile de son pantalon. Jean-Noël ferma les yeux, renversa la tête et rendit les armes.

Avec un soupir de satisfaction, Lascia sentit les mains de son compagnon s'emparer de ses hanches avec plus de fermeté. Il la colla avec force contre le plan de travail. Son timide blondinet était en train de se transformer en mâle affamé si elle en jugeait par ses baisers appuyés contre sa gorge. Quand il lui mordit le lobe de l'oreille, elle ne put réprimer un gémissement.

— Tu deviens un mauvais garçon Jean-Noël. Et j'adore ça !

Le jeune homme ne savait pas ce qu'il lui arrivait. Lui d'ordinaire si timide perdait peu à peu le contrôle sur lui-même. La présence de cette femme incendiait ses sens.

Oui, il avait envie de l'embrasser, de la caresser, de lui faire tout ce qu'il lisait dans les livres. Seulement, comment être sur de bien faire les choses. Il avait de la théorie, mais aucun pratique.

Lascia dut sentir son hésitation car elle saisit entre ses doigts son menton et planta un regard chaud dans le sien en ajoutant :

21

— Mieux vaut avoir des remords que de regrets. Il m'arrive d'être indulgente tu sais.

— C'est que je n'ai jamais...

— Je suis un excellent professeur.

Lascia ne lui laissa pas le temps d'argumenter. D'un geste lent et sensuel, elle fit courir ses doigts sur ses seins pour aller défaire d'un coup sec le cordon de son bustier.

Le vêtement s'ouvrit largement pour dévoiler deux seins fermes et ronds. Contre son pubis, elle sentit Jean-Noël se frotter un peu plus. Au moins, la vue lui plaisait. Coquine, elle murmura :

— N'as-tu jamais déballer de cadeaux à Noël jeune homme ?

Comme il n'osait toujours pas (que les bonnes manières des gentils garçons l'agaçaient), elle saisit ses mains dans les siennes et les posa sur sa généreuse poitrine.

— Tu vois, ça ne mord pas.

Enivré par ce doux toucher, Jean-Noël entreprit de masser lentement puis avec plus d'avidité les deux délicieuses rondeurs qui grossissaient sous ses doigts. Quand il acheva de dénouer le haut du bustier pour libérer les seins de la jeune femme, il fut surpris de voir deux belles pointes roses se tendre vers lui. Sans réfléchir, il se pencha pour en saisir une entre ses lèvres.

Comment une si petite chose pouvait-elle être si douce sous la langue, si ferme sous sa caresse ? La sensation était grisante... et le jeune homme avait envie de titiller ce téton pour voir ce que cela provoquait chez sa belle propriétaire.

Lascia prit la décision pour lui : elle plongea ses mains dans ses mèches blondes pour plaquer ses lèvres contre sa généreuse poitrine. Jean-Noël lui avait semblé novice en la matière.

Mais là, elle devait reconnaître que sa langue méritait pour le moins une mention bien. Soit il cachait bien son jeu, soit il était très doué. Dans les deux cas, elle comptait bien abuser de lui et de sa candeur. Elle pouvait passer un bon moment et lui laisser un beau souvenir.

Tout le monde sortirait heureux de ce bref moment.

***

Décidée, elle entreprit de s'attaquer au pantalon de sa gourmandise du jour. En experte des boutons et des braguettes, elle s'attaqua à l'un des derniers remparts de Jean-Noël.

Le garçon fut bien content de se laisser faire, d'autant qu'il était plus occupé à lécher avec avidité le mamelon puis la peau blanche de Lascia.

Emporté par la fièvre de l'instant, il souleva la rousse pour l'asseoir sur le plan de travail. Sans lui laisser le temps de respirer, il prit possession de ses lèvres. Et la jeune femme fut ravie de se laisser faire.

A bonne hauteur, elle tira d'un coup sec sur le vêtement qui glissa le long de ses jambes. Avide, elle enserra sa taille de ses jambes fuselées. Par les démons de l'Enfer réunis, ça devenait de plus en plus intéressant.

Jean-Noël avait conscience de ne plus rien maîtriser mais il s'en fichait royalement. Guidé par un instinct primaire et bestial qu'il ignorait posséder, il souleva sa compagne pour passer ses bras sous ses fesses et la porter vers le salon.

Arrivés près du canapé, Lascia se laissa glisser à terre. Après avoir mordu la lèvre de son compagnon une nouvelle fois, elle ajouta d'une voix grave :

— Laisse-moi te surprendre à mon tour.

La belle rousse entreprit de tracer un sillon humide le long du torse de son compagnon de jeu.

Quand elle atteignit l'élastique de son sous-vêtement, elle s'attarda à titiller son nombril, non contente de l'entendre grogner. Passant ses pouces dans le caleçon du jeune homme, elle l'aida à rejoindre le bois clair du parquet.

En une respiration, il fut nu devant elle... et il possédait un bel argument très convainquant !

Gourmande, Lascia embrassa avec sauvagerie la tendre toison au-dessus du membre tendu de Jean-Noël tandis que ses mains prirent possession de son nouveau jouet.

Quand ses doigts se refermèrent autour du sexe dur du garçon, ce dernier ne put retenir un cri de surprise.

— Ne me dis pas que jamais une femme ne t'a tenu par ta troisième main ? questionna-t-elle d'une voix suave.

La rougeur coupable qui se peignit sur les joues de Jean- Noël lui apporta une réponse suffisante.

Avec application, elle commença à laisser ses doigts et venir le long de sa hampe. Le beau blond ne put retenir un râle de satisfaction en renversant la tête.

— Toutes les femmes sont-elles si talentueuses ? haleta-t-il.

— Je l'ignore. Me concernant, tu n'as pas encore tout vu.

***

Chapitre 4

Lascia se mit plus confortablement à genoux. Sans lâcher Jean-Noël des yeux, elle laissa sa langue aller chatouiller le gland et la couronne de son partenaire.

Alors qu'elle le prenait de plus en plus en bouche, elle eut la surprise de sentir ses mains plonger dans ses mèches pour l'obliger à aller plus loin. Tous les mâles fonctionnaient bien de la même manière...

Jean-Noël avait l'impression de se consumer de l'intérieur : comment ce simple mouvement pouvait-il être si bon ? Oui, quand il utilisait ses mains, il trouvait la sensation agréable.

Mais ce n'était en rien comparable avec la danse de la langue de cette femme magnifique contre son membre. Il souhaitait que cela se poursuive pendant des heures.

Lorsque Lascia s'arrêta aussi vite qu'elle n'avait commencé, il ne put empêcher une certaine frustration de courir dans ses veines.

Coquine, elle se redressa, ses ongles parcoururent son torse et elle ajouta :

— Tu me sembles plein de surprises... De quoi d'autre es-tu encore capable ?

Sans trop savoir pourquoi, Jean-Noël se sentit piqué au vif par cette remarque.

Sans réfléchir, il entraîna sa compagne de jeux vers l'épais tapis devant la cheminée. Là, avec autorité, il l'allongea devant l'âtre et retroussa sa jupe pour dévoiler une culotte de dentelle noire.

D'ordinaire, il aurait été plus que gêné par la situation. A vrai dire, il ne l'aurait même pas imaginé... Mais cette fille incendiait ses sens plus que de raison.

Il saisit le bord du vêtement et le lui ôta sans autre forme de procès !

S'il avait été un homme de plus d'expérience, Lascia aurait remercié son audace par une série de coups de martinet bien placés. Dans ses ébats, elle aimait avoir le dessus. Mais le petit Jean-Noël se dévergondait, il aurait été dommage de briser son élan.

Surtout quand après une seconde d'hésitation, elle sentit sa bouche contre son ventre, puis contre son sexe et enfin sa langue venir s'amuser avec son bouton précieux.

Elle se cambra tant par la surprise que par le délice du moment.

— J'ai fait quelque chose qui ne fallait pas ?

— Si tu t'arrêtes, je ferais en sorte que tu ne puisses plus jamais utiliser ce que tu as entre les jambes, répliqua la rousse en retour.

Jean-Noël obéit aussitôt. Il replongea avec délice dans le nid doux et humide qui s'offrait à lui.

Toutes les femmes possédaient-elles un parfum si enivrant ? Il laissa ses lèvres, sa langue aller caresser cette petite rondeur qui semblait tant troubler la jeune femme.

Quand il accentua la pression de sa bouche sur ce bouton délicat, il fut surpris de l'entendre gémir si fort et pousser contre ses lèvres.

Il poursuivit donc avec plus d'ardeur, sa langue trouvant son chemin dans ses chairs humides. Il avait de plus en plus envie d'y fourrer autre chose quand Lascia, d'un mouvement rapide et inattendu s'arracha à lui.

Il se retrouva sur le dos, une créature flamboyante et échevelée à califourchon sur ses abdominaux. Une leur d'excitation animait son regard. Jean-Noël se dit qu'elle allait prendre un plaisir fou à le dévorer.

— Tes mains ! ordonna-t-elle.

S'amusant à jouer le jeux, il les lui tendit. Lascia les noua avec la lanière de cuir qui pendit toujours à la ceinture de sa jupe et les ramena au-dessus de sa crinière blonde.

Une fois entravé, la jeune femme se contenta d'un laconique « Parfait ».

Ce sur quoi, elle l'enfourcha sans autre forme de procès !

Jean-Noël cria de plaisir tandis que Lascia se balançait en rythme sur son sexe douloureux.

S'il pouvait, il l'aurait empoigné par les hanches pour l'obliger à accélérer et se libérer de cette tension qui grandissait en lui.

Etre en partie ligoté le contraignait à subir les assauts de la rousse sans pouvoir rien faire que d'apprécier. C'était loin d'être désagréable, mais très frustrant.

Comme si elle avait deviné le fil de ses pensées, la jeune femme se pencha sur lui, lui permettant ainsi de reprendre un de ses seins en bouche. Ses ongles dessinant des cercles sur son torse le rendaient fou. Cette femme était le diable incarné.... En bien plus sexy.

— Tu aimes Jean-Noël ? souffla-t-elle a son oreille.

— Je pourrais te tuer si tu arrêtes, répondit-il, ironique.

Il fut incapable d'estimer le temps que dura leur étreinte, mais quand Lascia poussa un cri d'extase, il fut emporté par une vague torride qui déferla de ses reins dans tout son corps.

Il se noyait dans un bonheur immense... et se sentait vidé. Il ferma les yeux une seconde, le temps d'apprécier cette divine sensation.

Quand il les rouvrit, il était seul sur l'épais tapis. Il frissonnait presque en dépit de la chaleur des flammes. Il s'appuya sur un coude, inquiet : où était sa compagne ?

Un bruit de porte attira son attention : Lascia se sauvait comme une voleuse.

— Où vas-tu ?

La rousse eut un sursaut coupable.

— Je rentre chez moi, quelle question !

— Attends, tu ne peux pas partir comme ça. Pas après que nous ayons... enfin tu vois.

Lascia leva les yeux au ciel : elle aurait du se douter que c'était un sentimental. Mieux valait réduire à néant tous ses espoirs maintenant.

— Jean-Noël, on a couché, c'était bien, mais ça s'arrête là.

Les traits du jeune homme se crispèrent.

— Je croyais que tu étais perdue ; comment vas-tu rentrer chez toi ? En suivant ta bonne étoile ?

La jeune femme retint un soupir agacé : l'ironie de son amant ne la touchait pas, la blessait encore moins.

Arrogante, elle retourna auprès de Jean-Noël, toujours nu comme un ver sur le tapis. Elle le cloua au sol de la pointe de son talon.

— Je saurai rentrer ! Des bicoques comme celle-ci, il n'y en a pas beaucoup. Et tout le monde sait à qui elle appartient.

— Tout de même ! Ce que nous avons fait ne représente rien ?

— Non.

Elle avait des défauts, mais pas celui de mentir. Lascia s'assit sur les hanches de son compagnon. Ce fut suffisant pour que son sexe se dresse de nouveau. Ce qui la fit sourire.

— Jean-Noël, je ne suis pas une princesse de conte de fées. Les hommes, je les prends, les baise et les quitte. C'est comme ça. Tu as été un bon moment. Je dirai même que tu es assez doué, mais... trouve-toi une fille avec qui tu feras des biscuits à la cannelle. Moi...

Elle se pencha pour déposer un baiser sur ses lèvres pleines.

— Je préfère rester l'élément inattendu.

Sans laisser le temps au garçon de comprendre, Lascia se leva et prit la direction de la porte d'entrée.

— Alors nous ne nous reverrons pas ?

— Sans doute jamais.

Ce sur quoi, elle claqua la porte.

**

Jean-Noël resta un long moment assis face au feu, le coeur en déroute et son extase toute neuve se muant en une colère noire. Elle l'avait utilisé comme un vulgaire jouet avant de le rejeter avec mépris. Toutes les femmes étaient-elles donc des garces ?

Il serra les poings et se fit une promesse : plus jamais aucune d'elles ne le tournerait ainsi en dérision. Lui, par contre...

Sur le sentier qui menait à la forêt, Lascia se débarrassa d'un coup d'épaule du sentiment de culpabilité qui menaçait de grignoter son coeur de pierre. Elle était la fille du Père Fouettard, c'était le fils du Père Noël. Autant essayer de faire se mélanger de l'eau et de l'huile chaude.

***

Epilogue

— Tu es sûr que tout va bien Jean-Noël ? Je te trouve étrange.

— Oui mère.

— Soit, si tu le dis. Peux-tu passer rapidement à la boulangerie avant qu'elle ne ferme ? La commande de petits pains est prête.

— Bien entendu mère.

Avant que celle-ci ne l'interroge plus, il quitta le chalet. Il étouffait. Après le départ de Lascia, il était monté dans sa chambre, s'était emparé de tous ses romans sentimentaux et les avait jetés au feu.

Les femmes, les vraies, étaient peut-être belles, mais à la différence des livres, elles étaient sournoises et cruelles. Rien à voir avec ce qu'il avait imaginé.

Il était toujours enlisé dans sa spirale d'idées noires quand il fit teinté la clochette d'argent fixée à la porte d'entrée.

— Bonsoir monsieur ! Oh, Jean-Noël quelle surprise.

Le garçon croisa le regard espiègle d'Aurore. Vêtue de son habituelle tablier et d'une robe bleu pâle, elle lui sourit d'une façon que le garçon jugea peu candide... et qui agita son bas- ventre.

— Tu viens chercher la commande de ta mère j'imagine.

— Oui.

— Je m'en occupe, répondit-elle. Donne-moi juste quelques minutes.

Lui tournant le dos, elle prit la direction de l'arrière-boutique. Alors qu'elle s'apprêtait à franchir le seuil de la pièce, elle minauda :

— A moins que tu ne préfères m'accompagner ?

Tandis qu'elle poursuivait sa route, Jean-Noël observa les deux jolies miches qui se dessinaient sous le tissu. Un sourire carnassier étira ses lèvres. La dernière phrase de Lascia lui revint en mémoire.

— *« Arrête de rêver Jean-Noël. La vie n'est pas un conte de fées. Vis ! Et surtout profite. »*

Il se décida à suivre la belle Aurore. Son regard tomba, une seconde, sur le calendrier accroché au mur.

Il y en a une qui allait se souvenir de ce 25 Décembre.

Remerciements

Je vais sans doute manquer d'originalité, mais je souhaite vous remercier, vous, qui venez de lire cette histoire.

Merci à vous de vous être arrêtés sur cette petite histoire sans prétention et qui, je l'espère, vous aura fait sourire.

Je tiens à adresser un merci particulier à ma fidèle équipe de lectrices : Sonia, Sixtine, Aurore, Marie-Catherine, Fabienne. Merci pour vos petits mots, toujours gentils, qui rendent mon coeur « tout rose ».

Je vous donne rendez-vous très vite pour de nouvelles aventures littéraires.

Je vous embrasse,

Nadège

***

Et si vous souhaitez vous tenir au courant de mon actualité, vous pouvez vous abonner :

* à ma page auteure : www.facebook.com/NadegeChipdelAuteure
* à mon compte Wattpad : www.wattpad.com/@nadegechipdel
* à mon compte Instagram : Nadège Chipdel

A très bientôt !

(Psstt, tournez la page, ce n'est pas tout à fait fini…)

De la même auteure :

« Le Livre des Mystères » (éditions Mots en Flots)

Résumé :

La Magie gouverne le pays d'Alynéa depuis le jour où les dieux ont décidé de lui en faire don.

La légende raconte qu'un puissant sorcier réussi à réunir dans un grimoire l'ensemble des sorts les plus puissants du monde. Puis cet ouvrage, le Livre des mystères, tomba dans l'oubli.

Des années plus tard, au sein de l'éminente Académie de Magie de Paraphe, la jeune Célya débute ses études sur des bases pour le moins chaotiques. Alors que l'étrange adolescente essaie tant bien que mal de trouver sa place parmi les autres élèves, le passé ombrageux du Livre des mystères refait surface et engendre bien des interrogations. Source de convoitises, sa quête entrainera malgré elle l'apprentie sorcière dans une suite de dangereuses péripéties. Un roman de fantasy qui mêle aventures, amitié et sorcellerie. Venez découvrir le monde d'Alynéa en compagnie de Célya et de ses amis. Une histoire qui se lit de 7 à 117 ans (au moins).

Ce qu'en disent les lecteurs :

« Un véritable coup de coeur pour ce roman Fantasy Jeunesse que j'ai vraiment adoré et dévoré ! J'espère sincèrement avoir un tome 2 parce que l'histoire mérite de continuer... Sous cette plume envoûtante.. Nul doute que Nadège est une descendante de Célya ! »
Ely (blog Les Plumes de Prisci)

« Le Livre des Mystères, c'est un roman à l'univers incroyablement riche, qui nous immergera dans un monde fascinant et qui nous livrera une histoire maîtrisée d'un bout à l'autre, ô combien surprenante ! »
Vampilou

« Ce livre est tout simplement exceptionnel ! »
Delphine

« Si comme moi vous n'êtes pas fantastique, lancez-vous !!! Ce roman est une pépite, magnifiquement écrite, menée d'une main de maître. »
Sonia

« J'ai dévoré ce livre en 3 jours. Un suspens fabuleux ! »
Appoline

« Juste un court instant »
(éditions Harlequin – disponible en numérique en Février 2019)

Résumé :

Gaëlle du Plessis est une jeune professeur d'arts plastiques au sein d'un prestigieux lycée parisien.

Depuis six ans, elle partage la vie de Martin, cadre dans une banque.

Ils sont jeunes, beaux, heureux. Ils ont des projets.

Jusqu'au jour où Bruno, photographe, un ami d'enfance de Martin ré-apparaît dans leur vie.

Entre raison et sentiment, Gaëlle va devoir choisir : rester fidèle à l'homme qu'elle aime où se laisser tenter par une passion aussi folle que déraisonnable ?

***

Cette courte nouvelle romantique vous fera découvrir Gaëlle, jeune femme dont la vie tranquille et rangée au côté de son fiancé est soudain bouleversée par la rencontre avec Bruno, photographe au goût d'interdit.

13234929R00026

Printed in Germany
by Amazon Distribution
GmbH, Leipzig